ISBN 0-7172-3169-0

Dépôt légal 4e trimestre 1997
Bibliothèque nationale du Québec

Imprimé aux États-Unis

OLIVER
et
Compagnie

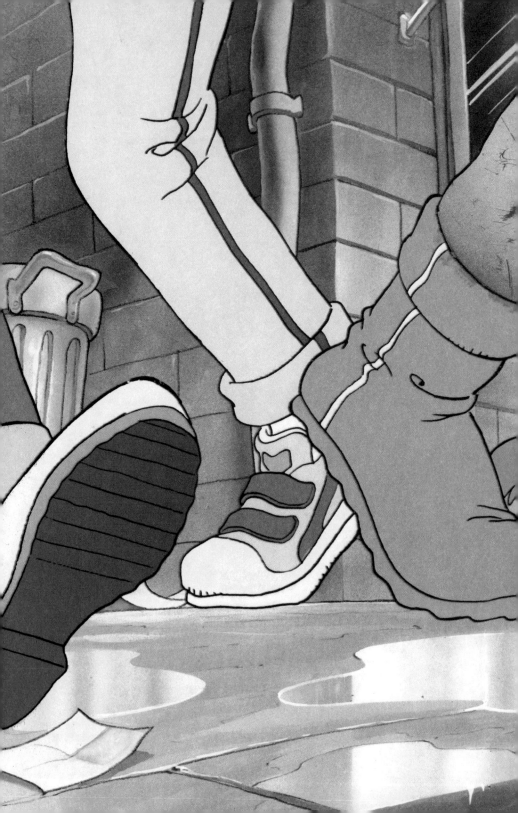

Tôt un matin, une boîte pleine de chatons fut laissée sur une rue achalandée de New York. Tous les chatons furent rapidement adoptés, sauf un. Le chaton avait peur, il grelottait et il était affamé.

Soudain, il se mit à pleuvoir. En courant se mettre à l'abri, le chaton faillit être piétiné par les gens qui se rendaient au travail.

Si seulement il avait une maison ou des amis pour l'aider! C'est alors que le chaton sentit une odeur merveilleuse — des hot-dogs à la vapeur provenant du chariot d'un marchand ambulant.

Le chaton avait vraiment très faim. Il ne croyait pas que cela dérangerait le marchand s'il prenait une bouchée de saucisse.

Le marchand n'était toutefois pas d'humeur à partager. Il saisit le chaton et le projeta dans la rue comme une boule de quilles!

Le chaton fit plusieurs culbutes avant de se heurter à une poubelle. Quand il ouvrit les yeux, il vit un gros chien. Le chaton se mit à trembler.

«N'aie pas peur», dit le chien. «Je m'appelle L'Arsouille et je ne mange pas les chats. Ils ont trop de poils.»

«Tu peux faire équipe avec moi», poursuivit
L'Arsouille. «Je vais te montrer comment
obtenir des saucisses.»

«Non, merci!» s'écria le chaton. «Je ne retourne
pas là!»

Mais L'Arsouille ne l'écoutait pas. Il voulait
que le chaton l'aide à détourner l'attention
du marchand. Alors L'Arsouille se mit à aboyer
et à poursuivre le chaton effarouché.

Le chaton et le chien se dirigèrent vers le chariot. Lorsque le chaton ne sut plus où aller, il sauta sur le dos du marchand! Pendant que le marchand tentait de se débarrasser du chat, L'Arsouille s'empara d'un chapelet de saucisses.

«Je t'avais bien dit que je m'en occupais», dit L'Arsouille en s'éloignant.

«Ne va pas si vite!» cria le chaton. «Attends-moi!»

L'Arsouille ne s'arrêta que le temps de prendre une paire de lunettes de soleil sur une table. Puis il s'éloigna à toute vitesse.

«Au revoir, chaton!»
lança L'Arsouille, en sautant
sur le toit d'un taxi.

«Hé, reviens!»
cria le chaton.
«J'ai le droit à
ces saucisses,
moi aussi!
Ce n'est pas juste!»

«Il n'y a pas de justice dans la rue!»
répondit L'Arsouille en sautant sur une
motocyclette qui roulait à vive allure.

Malgré tous les efforts du chien pour le
semer, le brave chaton réussit à le suivre
jusqu'au port. Il vit L'Arsouille monter
à bord d'une vieille caravane flottante.

Le chaton se glissa à
bord de l'embarcation
et grimpa sur le toit.
Il pouvait voir L'Arsouille
et d'autres chiens —
ainsi que ses saucisses!

«Les gars, le souper est servi!» dit fièrement
L'Arsouille aux autres chiens. «Et j'ai dû me
battre contre un terrible monstre aux longues
griffes et aux dents pointues pour l'obtenir!»

Tout à coup, le toit s'effondra et quelque chose tomba. «Sauve qui peut!» cria Tito, le chihuahua.

«Est-ce le monstre?» demanda Rita, le lévrier afghan.

Le chaton atterrit au milieu de la pièce.
BOUM! Ce n'était pas le monstre auquel
les chiens s'attendaient.

«Que veux-tu?» grogna Francis, le bulldog.

Puis Einstein, le grand danois, Tito, Rita et Francis se mirent à grogner après le chaton. Jamais un chat ne s'était aventuré chez eux auparavant!

«Ouais, que veux-tu?» gronda Rita en montrant les dents.

«Je veux la part des saucisses que L'Arsouille m'a volées», répondit le chaton, timidement.

Les chiens éclatèrent de rire. «Hé, L'Arsouille!» cria Tito. «Est-ce que c'est l'énorme monstre aux dents pointues dont tu parlais?»

«Salut, petit!» dit L'Arsouille. «Tu en as mis du temps, dis donc!»

Ils entendirent alors des pas.

«C'est Fagin», dit le grand danois au chaton.

Fagin entra, ouvrit une vieille malle et examina tout ce que les chiens avaient rapporté.

«Je ne peux pas vendre ça!» cria-t-il. «Cet escroc de Sykes veut de l'argent! Si je ne lui en donne pas, il me jettera au fond de l'eau!»

«Regardez-moi ça!» dit alors Fagin en prenant le chaton. «Il n'y a jamais eu de chat dans notre groupe jusqu'ici. Bienvenue!»

Cette nuit-là, le chaton se blottit contre ses nouveaux amis et dormit comme un ange.

Le lendemain matin, Fagin emmena tout
le groupe en ville. «Allez vous promener, et
ramenez-moi plein de bonnes choses», dit-il.
Le groupe se dispersa et le chaton suivit Tito.

Sur une rue, ils virent un chauffeur descendre
d'une limousine.

Mais ils ne
virent pas la
fillette assise
à l'arrière.

«Voici notre chance!» dit Tito. «Suis-moi!»

Personne ne vit le chaton et le petit chien sauter dans la voiture.

«Monte la garde pendant que je vole la radio», dit Tito. «Voler!» s'écria le chaton, en appuyant sur le klaxon accidentellement. Le bruit strident fit sursauter Tito. «Cours!» cria-t-il.

Au moment où il s'apprêtait à déguerpir, le chaton entendit une voix. «Quel mignon petit chat! D'où viens-tu?» dit la fillette. «N'aie pas peur. Je m'appelle Jenny.»

«Regardez, Winston», dit Jenny lorsque que le chauffeur revint. «J'ai trouvé un chaton égaré. Nous devons lui offrir un gîte.»

Tito et L'Arsouille ne purent que regarder la voiture et leur nouvel ami disparaître au bout de la rue.

Peu de temps après, la voiture s'arrêta
devant une belle maison sur la 5e Avenue.

Jenny fit entrer le chaton
et lui donna un bol
de nourriture.

«Je vais prendre
bien soin de toi»,
dit-elle en serrant
le chaton dans
ses bras.

Le chaton grandit et apprit à aimer sa nouvelle maison. Jenny et lui jouaient du piano ensemble.

Un jour, Jenny lui offrit un magnifique collier. «Le moment est venu de te donner un nom», dit-elle. «Je vais t'appeler Oliver.»

Pendant ce temps, Fagin et les chiens ne
pouvaient s'empêcher de penser au chaton.
«J'aimais bien ce petit chat», dit L'Arsouille,
d'une voix empreinte de tristesse.

«Il était si mignon», dit Rita. «Pour un chat,
je veux dire.»

«C'est de ta faute, Tito!» dit L'Arsouille, d'un ton brusque. «Si tu avais été plus prudent, il n'aurait pas été kidnappé!»

«Je ne suis pas responsable!» répliqua Tito.

«Arrêtons de nous chamailler et essayons plutôt de retrouver le chaton!» dit Rita.

Alors ils reprirent le chemin de la ville.

Les chiens cherchèrent partout. Ils finirent par flairer l'odeur du chaton devant la maison de Jenny.

«Regardez!» murmura Tito. «Il y a une fenêtre ouverte ici!»

L'Arsouille entra par la fenêtre et trouva Oliver profondément endormi.

En faisant bien attention de ne réveiller personne, L'Arsouille saisit le chaton dans une taie d'oreiller et le transporta à l'extérieur.

De retour à la caravane flottante, Fagin vit le collier du chaton. «Ainsi ton nom est Oliver», dit-il. «Et d'après l'adresse sur cette belle plaque d'identité, tu demeures dans un riche quartier.»

Plus tard ce soir-là, Oliver parla de Jenny à L'Arsouille et lui dit pourquoi il voulait retourner vivre avec elle. «Elle m'aime beaucoup», dit-il. «Et je m'ennuie d'elle.»

Entre-temps, Fagin avait eu une idée. Il écrivit une lettre et dit aux chiens d'aller la porter à la maison de Jenny.

Quand la lettre arriva, les parents de Jenny étaient absents. Alors la fillette l'ouvrit et la lut.

Chers gens riches, Nous avons votre chat, Oliver! Si vous voulez le revoir vivant, apportez beaucoup d'argent au port ce soir!

Jenny prit sa tirelire et se précipita au port.
Elle avait la ferme intention de reprendre
Oliver cette nuit — même si elle n'était
jamais sortie seule le soir auparavant.

Fagin et les chiens attendaient sur le quai.
Fagin fut étonné en voyant Jenny. Il réalisa
qu'il venait de commettre une erreur. Il se
sentit mal à l'aise d'avoir kidnappé Oliver.
Alors il dit à Jenny, «J'ai trouvé ce chaton.
Est-ce qu'il est à toi?»

Fagin fut interrompu par le vrombissement du moteur d'une énorme voiture qui se dirigeait à vive allure vers eux.

C'était Sykes! Il ralentit en passant près d'eux et tira Jenny et Oliver dans la voiture!

«Laissez-moi partir!» cria Jenny, en se tortillant pour que Sykes lâche prise.

«Oh non!» rétorqua Sykes avec un rire cruel. «Je vais te revendre à tes riches parents.»

Oliver en avait assez entendu! Il sauta sur le pouce de Sykes et le mordit.

Sous l'effet de la surprise, Sykes lâcha
le bras de Jenny. Aussitôt, elle sortit de la
voiture par le toit ouvrant.

Heureusement, Fagin et les chiens étaient
tout juste derrière la voiture. Au signal de
Fagin, Jenny sauta dans ses bras.

Dans la voiture, Sykes était furieux.

Il suspendit Oliver devant ses chiens de garde vicieux.

Lorsqu'il vit ce qui se passait, L'Arsouille bondit dans la voiture de Sykes.

Les chiens de Sykes étaient plus forts que
L'Arsouille, mais il les attaqua avant qu'ils
aient pu faire du mal à Oliver.

Le combat entre les chiens fit perdre à Sykes
la maîtrise de la voiture. Elle défonça une
glissière de sécurité et plongea dans le fleuve.

Jenny, Fagin et les chiens se précipitèrent près de la glissière de sécurité cassée. Ils se penchèrent pour voir leurs amis, mais il n'y avait que des bulles à la surface.

«Je suis désolé», dit Fagin. «Je ne crois pas que L'Arsouille et Oliver aient pu s'en sortir vivants.»

Cela en était également fait de Sykes et de ses horribles chiens.

C'est alors que Jenny vit quelque chose dans
l'eau. «Regardez !» s'écria-t-elle, d'une voix toute
joyeuse. «C'est L'Arsouille. . . et Oliver!»

L'Arsouille s'était échappé et il ramenait Oliver
sain et sauf avec lui. Fagin caressa L'Arsouille
et Jenny serra Oliver dans ses bras. «Je suis si
contente de voir
que tu vas
bien», lui
dit-elle.

Le lendemain, Jenny célébrait son anniversaire de naissance. Winston décora la maison et Jenny invita ses nouveaux amis à venir fêter avec elle. Fagin n'était plus le même homme. La disparition de Sykes signifiait la fin de ses ennuis.

«Nous ne volerons plus jamais», annonça
Fagin. «Ce sont les mauvais coups de Sykes
qui ont causé sa perte.»

Jenny n'aurait pu imaginer une meilleure
journée d'anniversaire. Et Oliver avait peine
à croire à toute sa chance. Il avait enfin une
maison et des amis merveilleux.